Story und Zeichnungen
RYUTA AMAZUME

Übersetzung
BURKHARD HÖFLER

Lettering
LARA IACUCCI

INHALT

KAPITEL 1: FANTASIEN 003
KAPITEL 2: VERHANDLUNG 029
KAPITEL 3: TASTGEFÜHL 049
KAPITEL 4: MÄNNLICHE OFFENSIVE . . .075
KAPITEL 5: SPAZIERGANG 099
KAPITEL 6: URINIEREN 123
KAPITEL 7: BEARBEITE DAS SEIL! 149
KAPITEL 8: NIMM DAS SEIL
ZUM FESSELN! 173
KAPITEL 9: IMPULS DES KÖRPERS 197
KAPITEL 10: HAST DU SCHISS?! 221
KAPITEL 11: DOSENKAFFEE IM WINTER .247
KAPITEL 12: HEIMLICHE LEKTÜRE 265
KAPITEL 13: PERVERS 291
KAPITEL 14: DIE REGEL 315
KAPITEL 15: WIEDER DAS SEIL 339
KAPITEL 16: NANAS GESCHENK-
ATTACKE ♥ (1) 365
KAPITEL 17: NANAS GESCHENK-
ATTACKE ♥ (2) 381

NANA & KAORU MAX

*WORTSPIEL MIT KAORUS NAMEN, ETWA "MIESEPETER"

IDIOT!

BIN ICH JETZT MASO?

... BEI CHIGUSAS BLICK HAB ICH... VOLL 'NEN HARTEN GEKRIEGT.

KENN ICH. ICH STEH NICHT AUF SM, ABER VON DER...

IDIOT.

... WÜRD ICH MICH SCHON MAL QUÄLEN LASSEN! ♡

IM SCHÜLERPARLAMENT... IN DER AG...

UND DAZU GUTE NOTEN.

... BIST DU SEHR ENGAGIERT UND BELIEBT.

DU KANNST WIRKLICH STOLZ AUF DICH SEIN!

... BESSER GEWORDEN.

ALSO, DEINE NOTEN... SIND NICHT UNBEDINGT...

VERSTEH MICH NICHT FALSCH!

ICH WEISS, DASS DU DICH ANSTRENGST!

JA.

RASCHEL

ACH...

MAMA HAT SICH ERDREISTET, MEIN ZIMMER AUFZURÄUMEN!

UND DANN HAT SIE AUCH NOCH MEIN EROTIK-SPIELZEUG VERSTECKT!

MEINE BLÖDE ALTE!!

ZITTER ZITTER ZITTER

... DU SCHEISSE!

*LERNE! DAS SPIELZEUG KRIEGST DU ZURÜCK, WENN DU ZUR VERNUNFT GEKOMMEN BIST. MAMA

MEINE GANZEN SACHEN!! DAS LACKKOSTÜM!!!

EROTIKARTIKEL!!

MAGAZINE?! DVDS?!

WAS DENKT DIE, WAS DIE KOSTEN?!

RASCHEL

KAPITEL 2: VERHANDLUNG

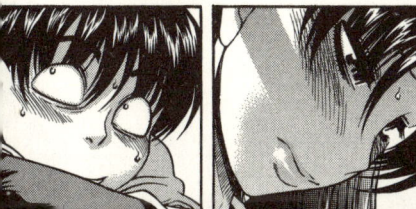

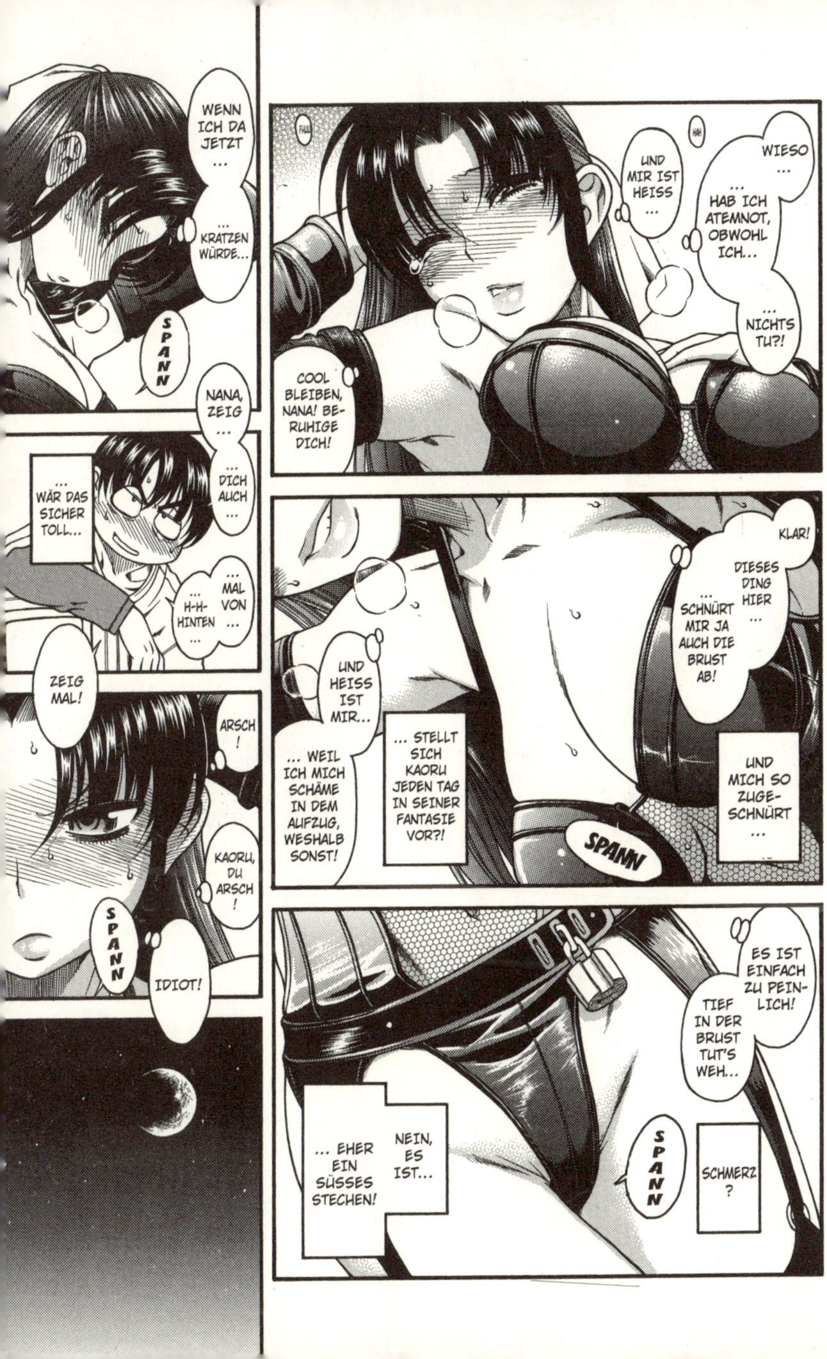

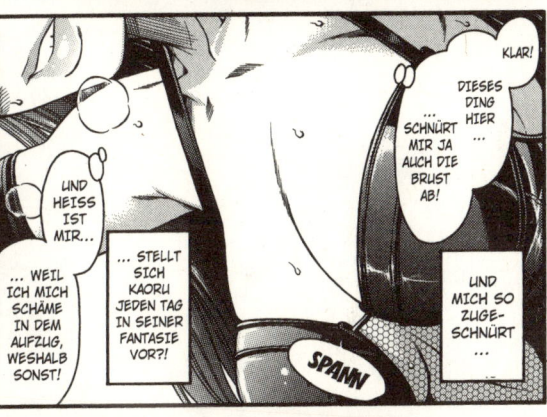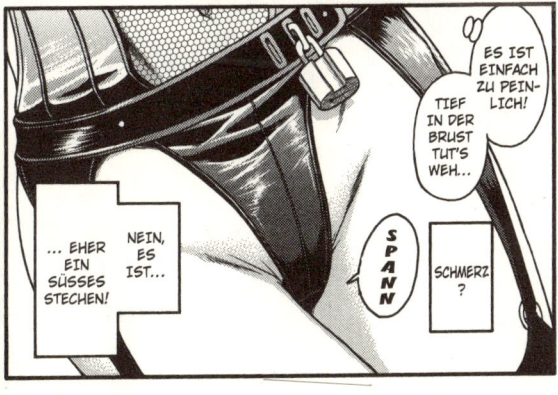

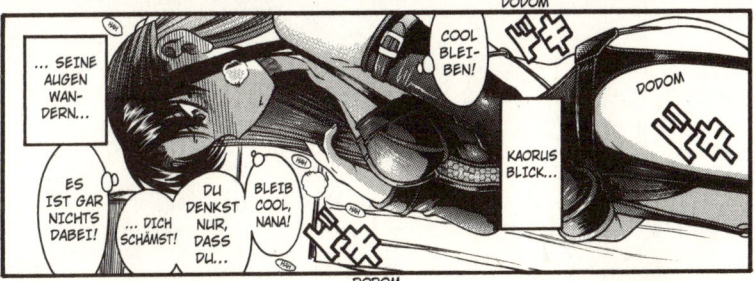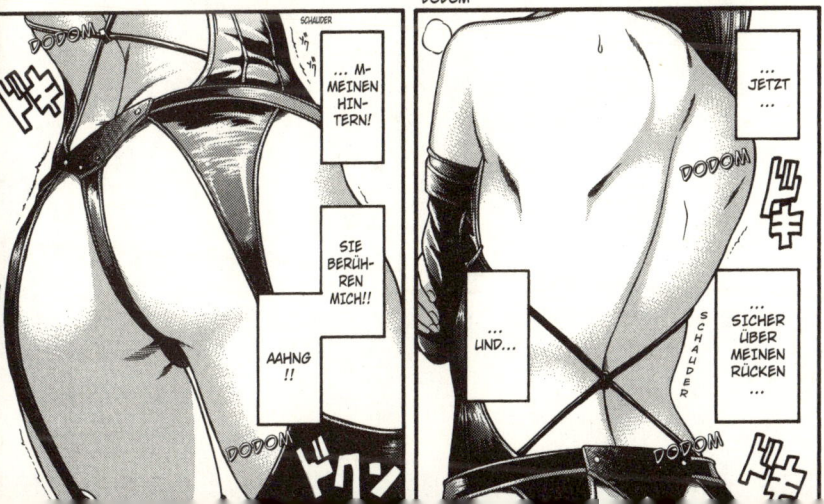

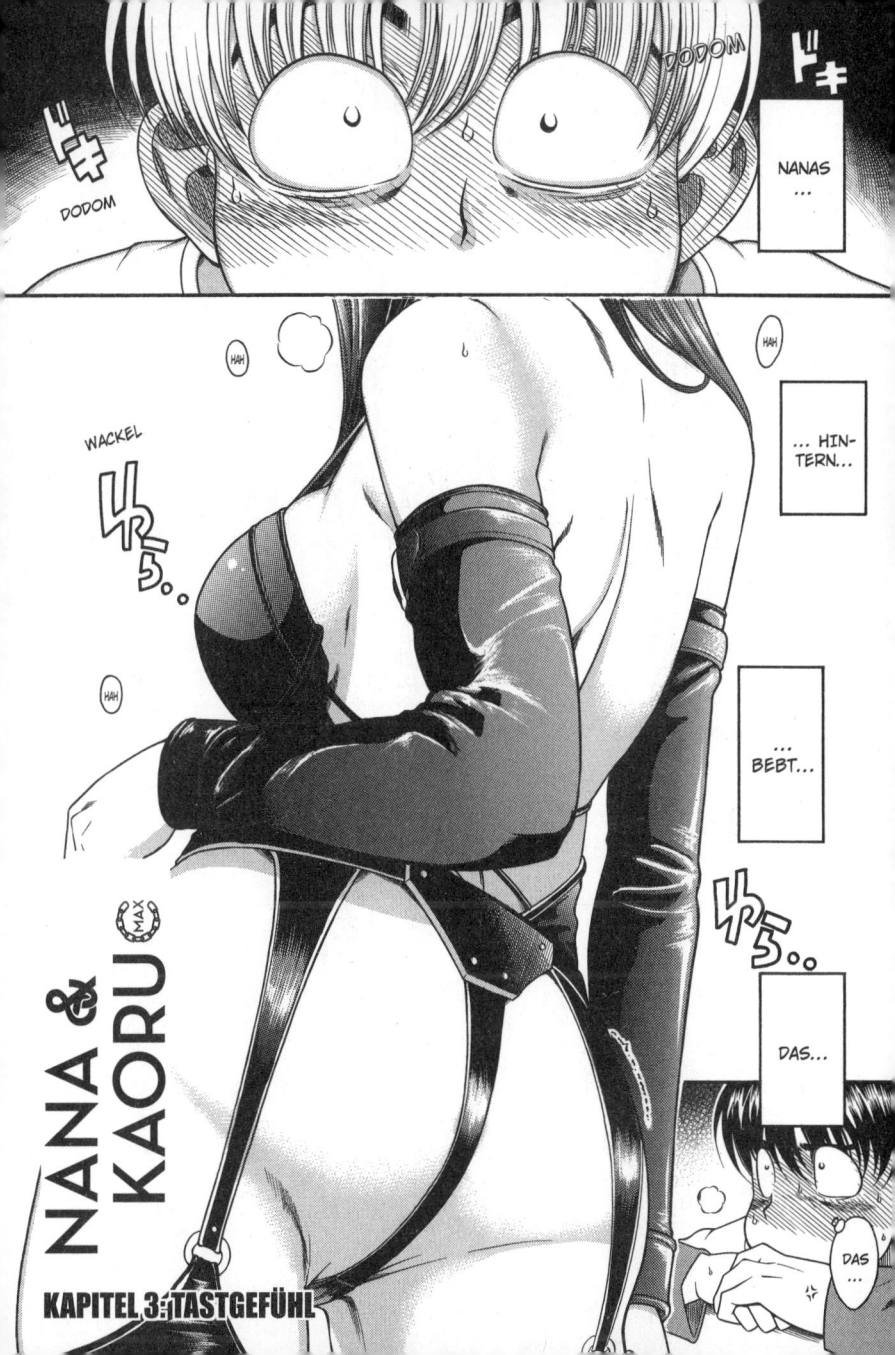

...SCHAU-EN... GIB DICH DAMIT ZUFRIEDEN, NUR ZU SCHAUEN. DAS GEHT NICHT!

GENAU! ICH HAB IHR JA VERSPROCHEN, NUR ZU SCHAUEN.

WILLST DU ETWA EIN NANA GEGEBENES VERSPRECHEN BRECHEN?!

W-WENN ICH JETZT EINEN ÜBERRASCHUNGSANGRIFF

... VON HINTEN MACHE...

SLURP

IMMER DAS GLEICHE!

FASS SIE AN!

ABER DAS...

DAMIT SIE DICH NICHT HASST

NANA WILL ES DOCH AUCH!

... UND SCHON ... IST DA NANA.

UND...

... HÄLTST DU DICH ZURÜCK.

SCHWACHSINN! NANA IST...

SIE LÄDT DICH EBEN DOCH EIN!

... ZU MIR HER GESCHAUT!

SIE WARTET DARAUF!

NANA HASST DICH NICHT! IM GEGENTEIL, SIE...

DAS IST DOCH NUR EINE HALLUZINATION!

... WARTET JETZT AUF DICH!

EIN WUNSCHTRAUM!

TSK!

... IST DIE LETZTE CHANCE!!

ABER KAORU, DAS HIER...

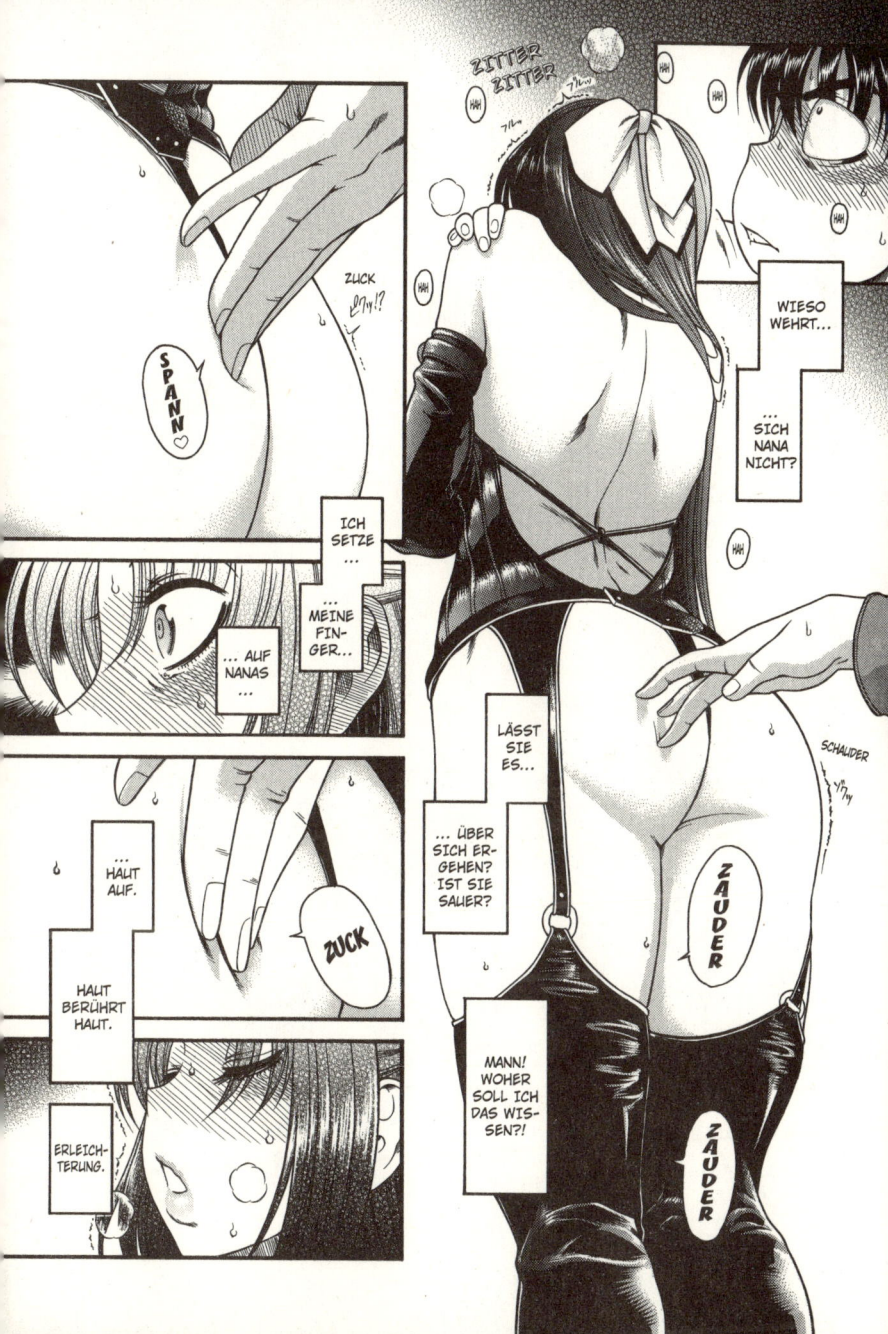

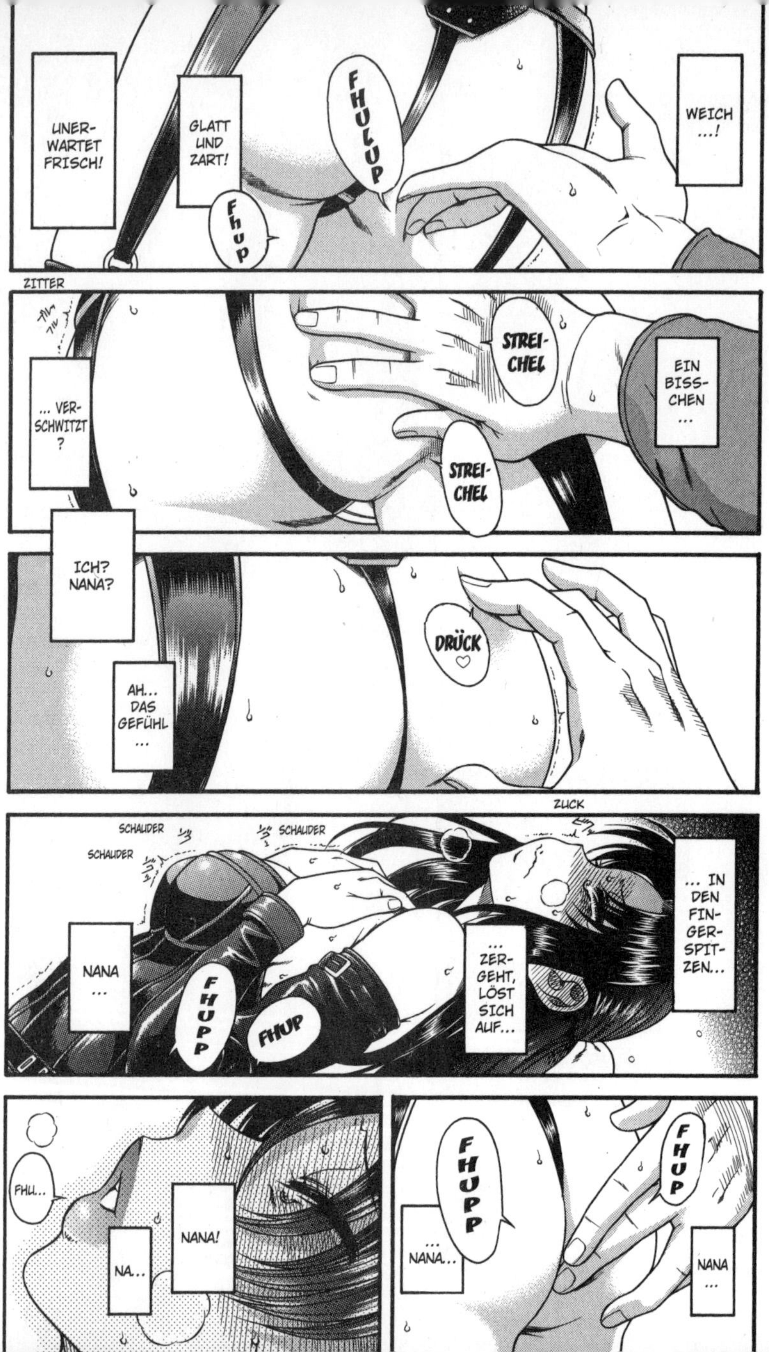

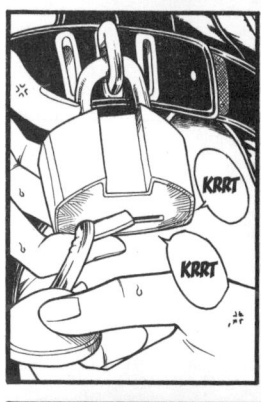

KAPITEL 3 – ENDE

ICH KANN'S NICHT WEGWERFEN!

NANA & KAORU MAX

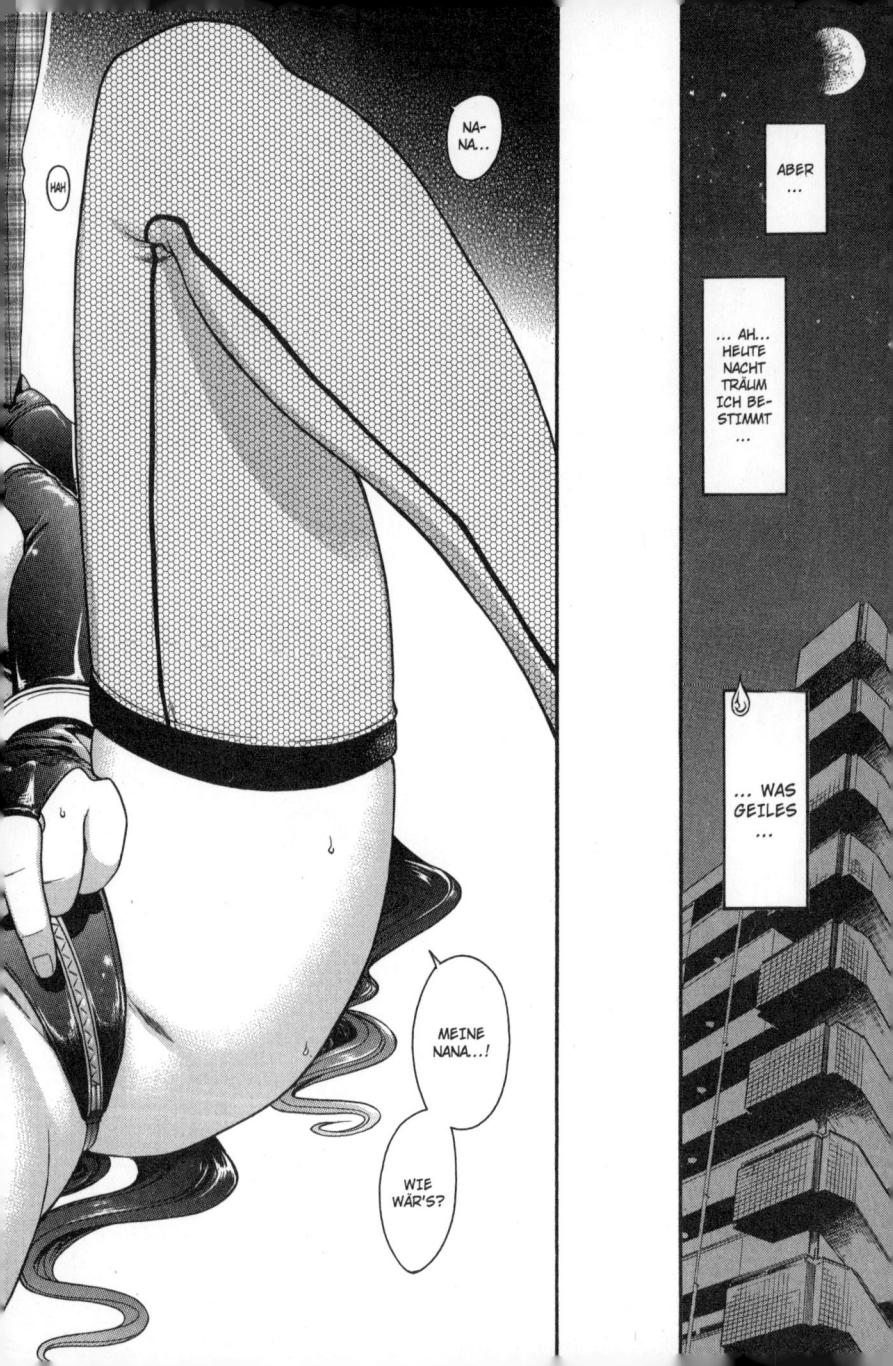

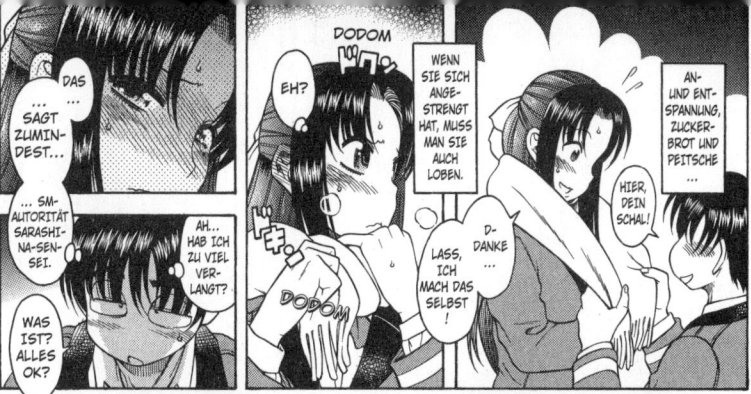

FSHHH

WIE ... ... IST ES MIT IHR?

... ES DRAUSSEN... ... ZU MACHEN ... ICH ...

SCHNUFF

... SCHLOTTERN MIR DIE... ... KNIE.

MEI- MEIN KÖRPER GEHORCHT MIR NICHT.

I-ICH ...

SCHLOTTER

SCHLOTTER

ZITTER ZITTER GEHT NICHT!

ICH KANN... NICHT!

WENN ICH... ... AN- FANGE ... ... NACH- ZUDEN- KEN...

NA?

KOMMT
WAS?

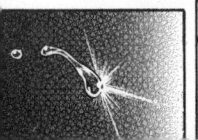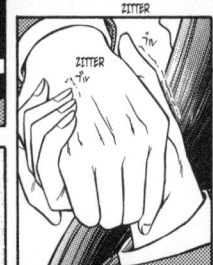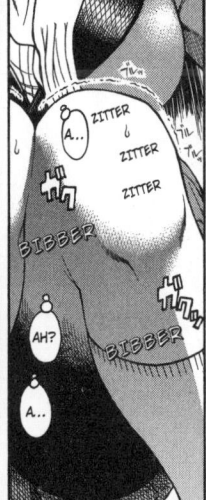

> IST SIE SCHON IN DEM ALTER, IN DEM MAN AUF HALSBÄNDER ACHTET?

NANA & KAORU MAX

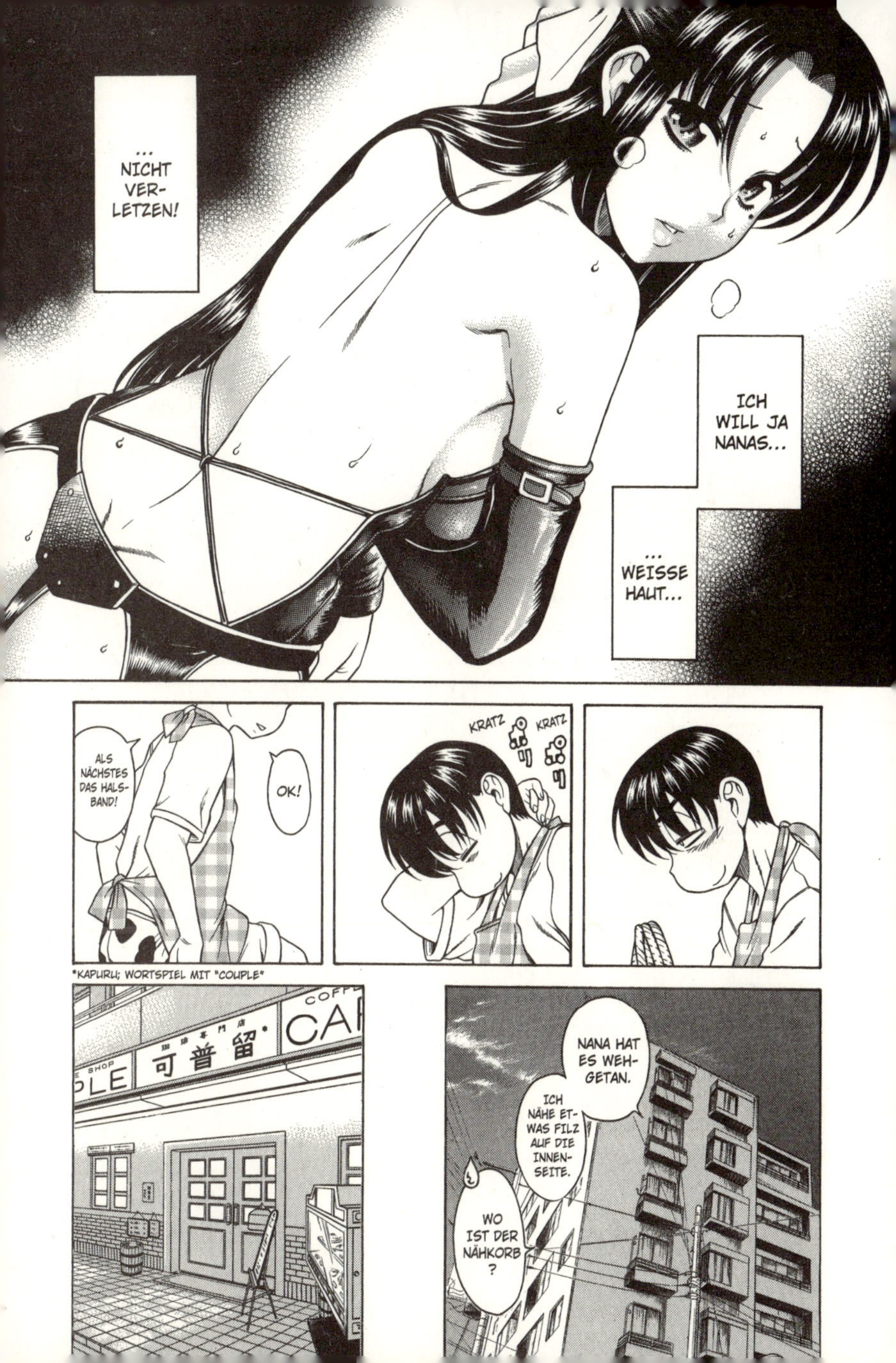

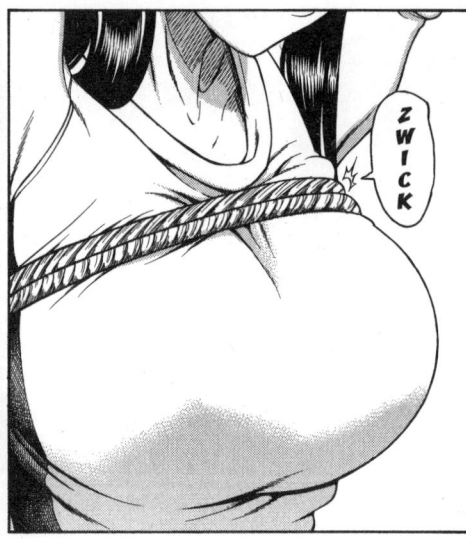

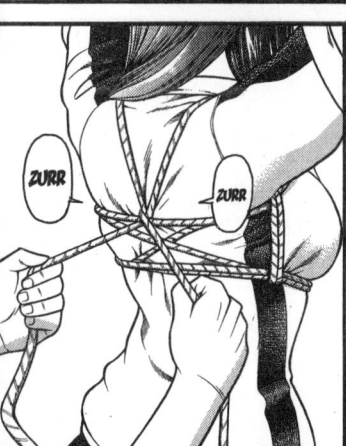

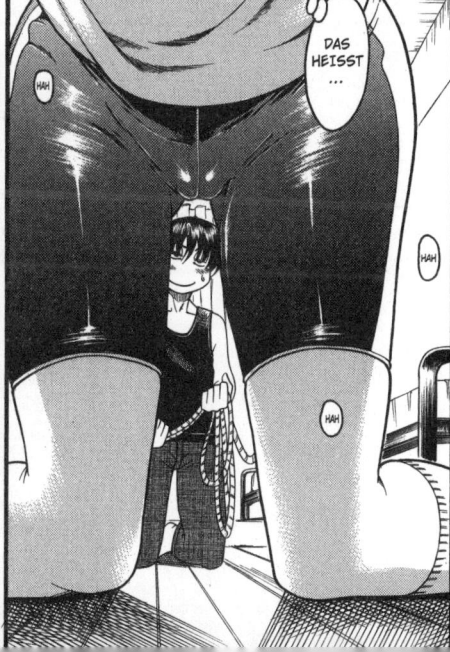

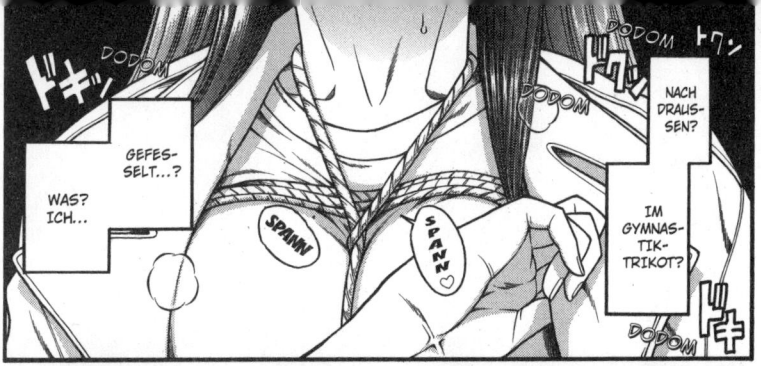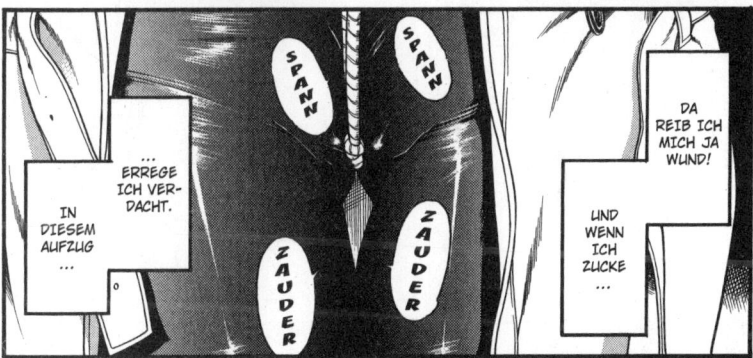

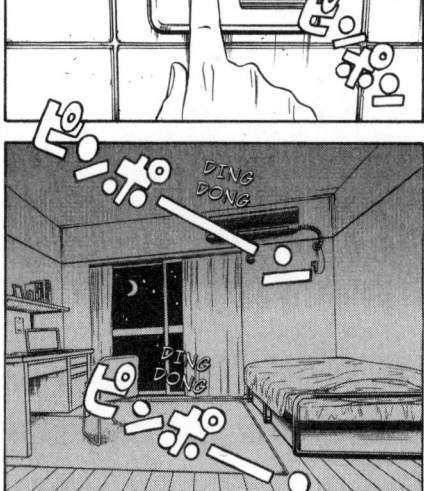

NANA & KAORU MAX

NANA & KAORU MAX

UNTER DEM MANTEL...

SPANN ♥

ZITTER

KAPITEL 9: IMPULS DES KÖRPERS

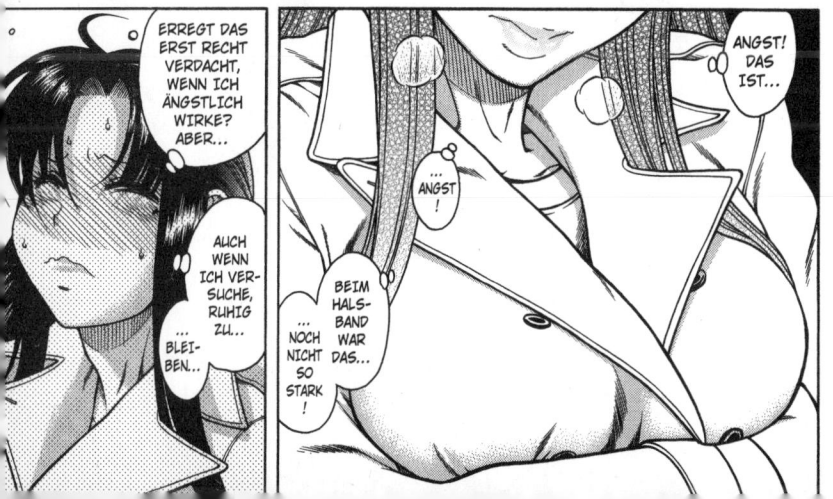

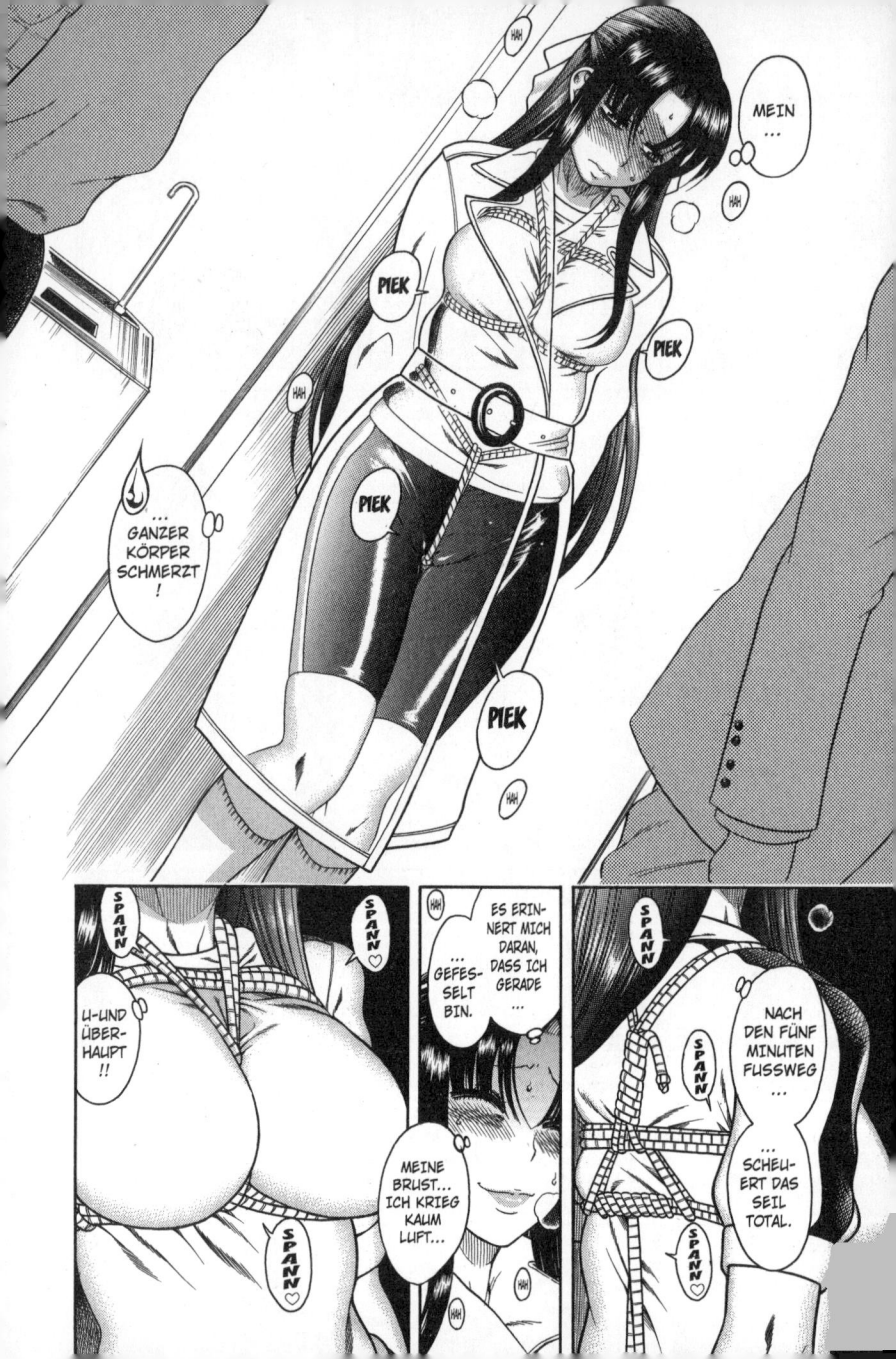

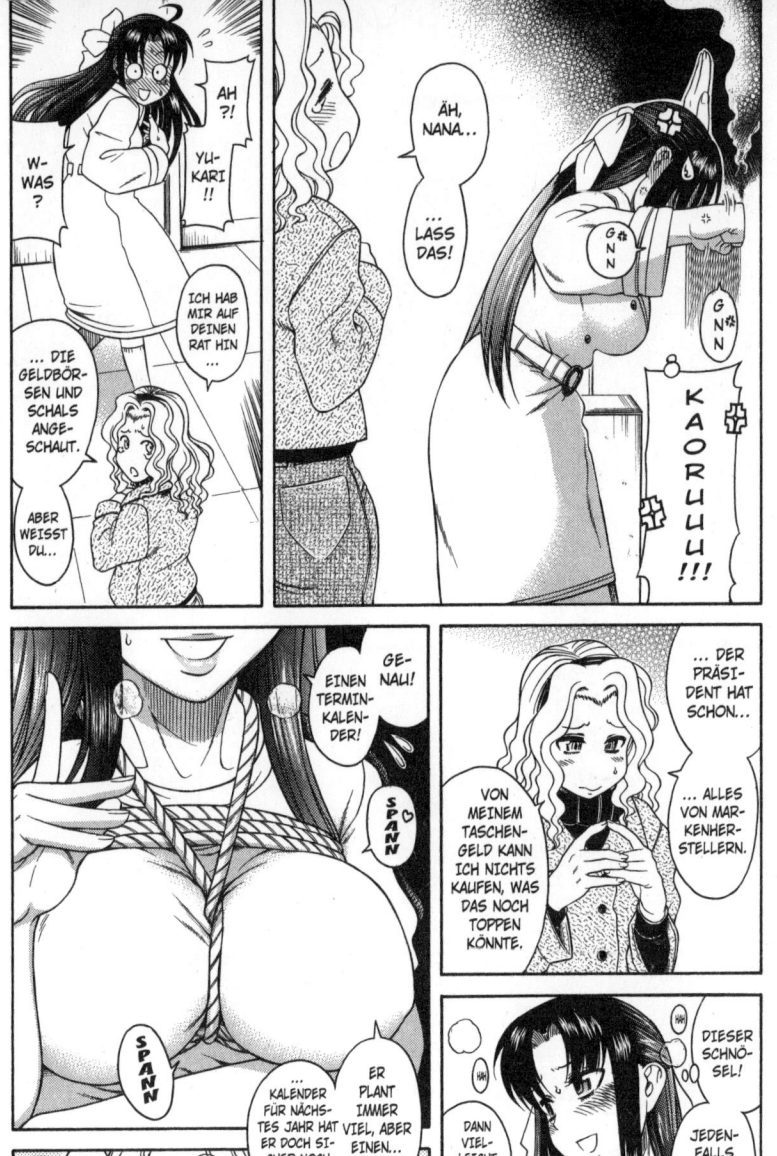

ICH NEHME...

... DIE TREPPE!

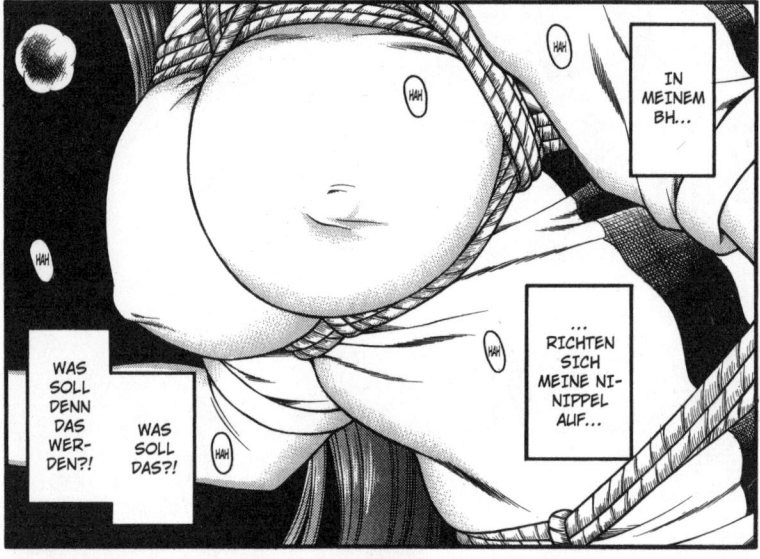

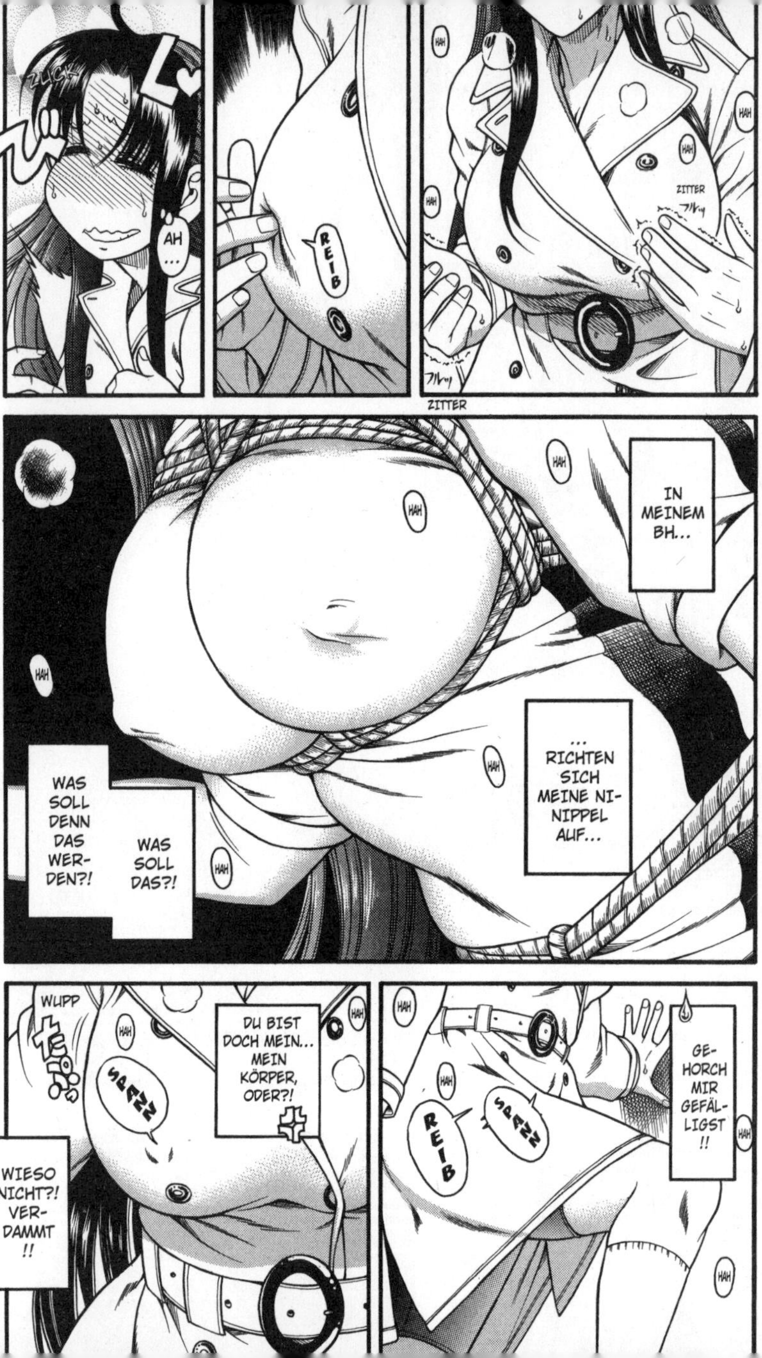

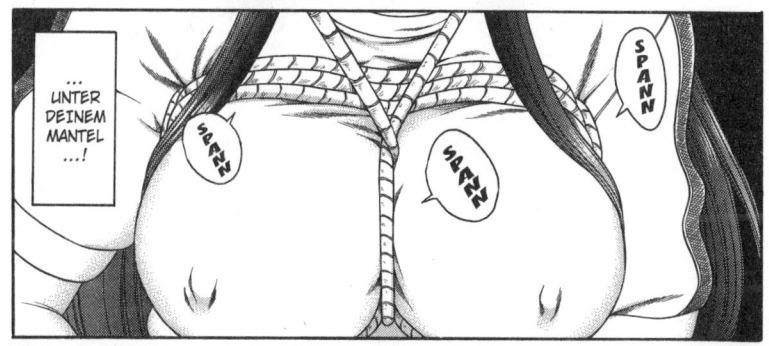

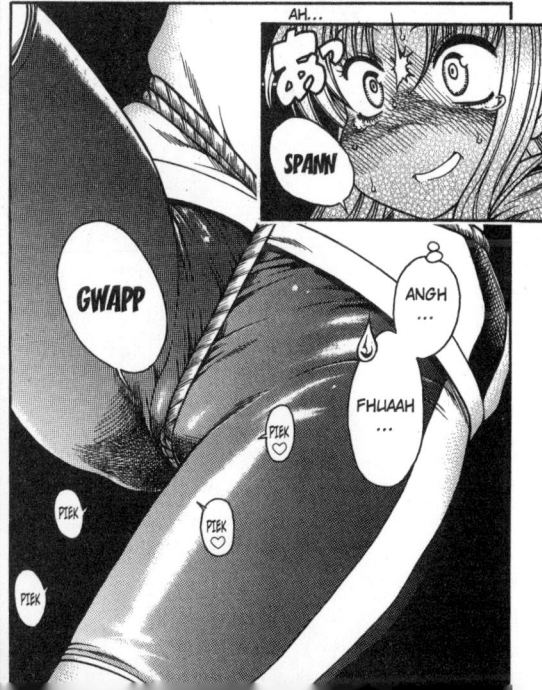

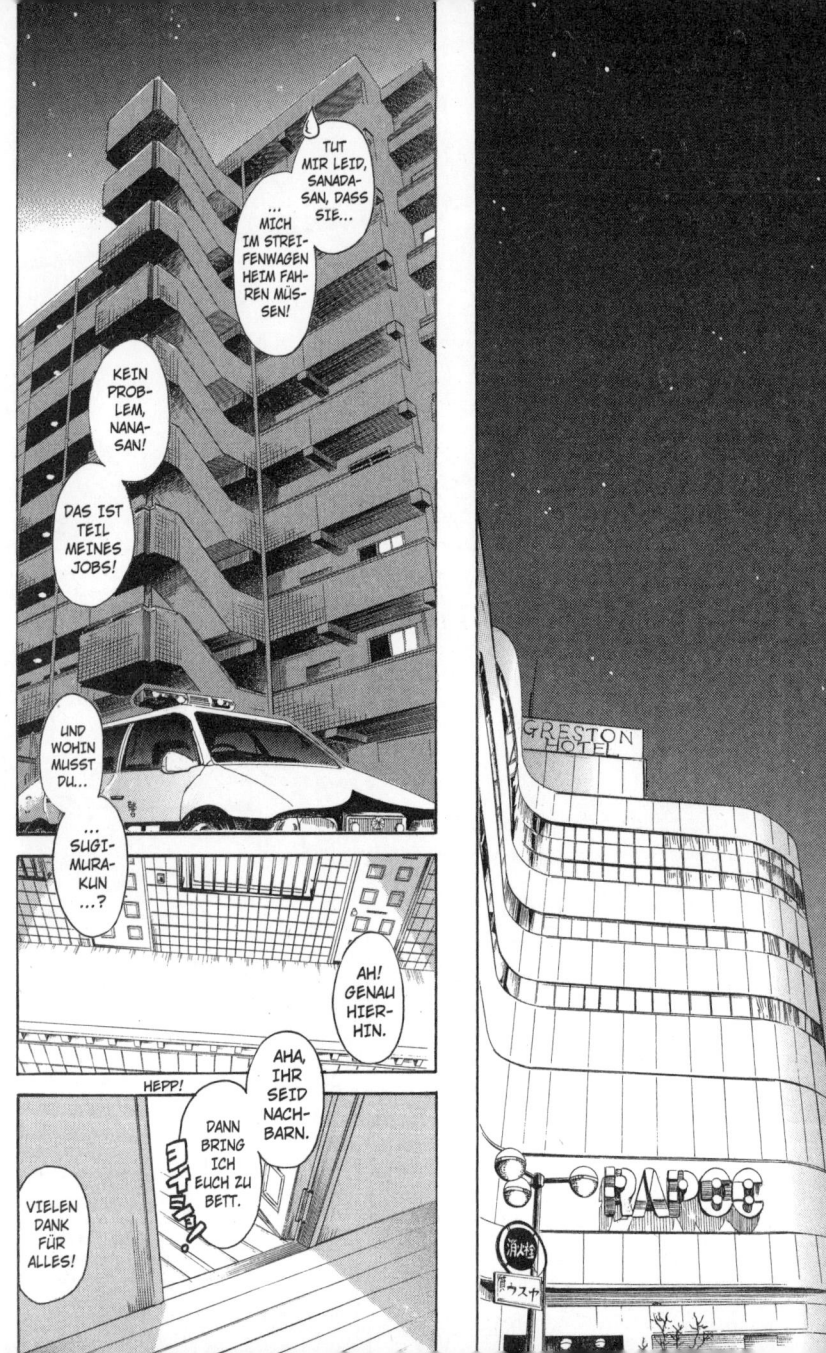

WEIL DU NOCH JUNG BIST, NANA-CHAN!

NANA &
KAORU MAX

KAPITEL 11 – ENDE

HINTER DEN KULISSEN

**NANA &
KAORU** MAX

NANA & KAORU

KAPITEL 12: HEIMLICHE LEKTÜRE

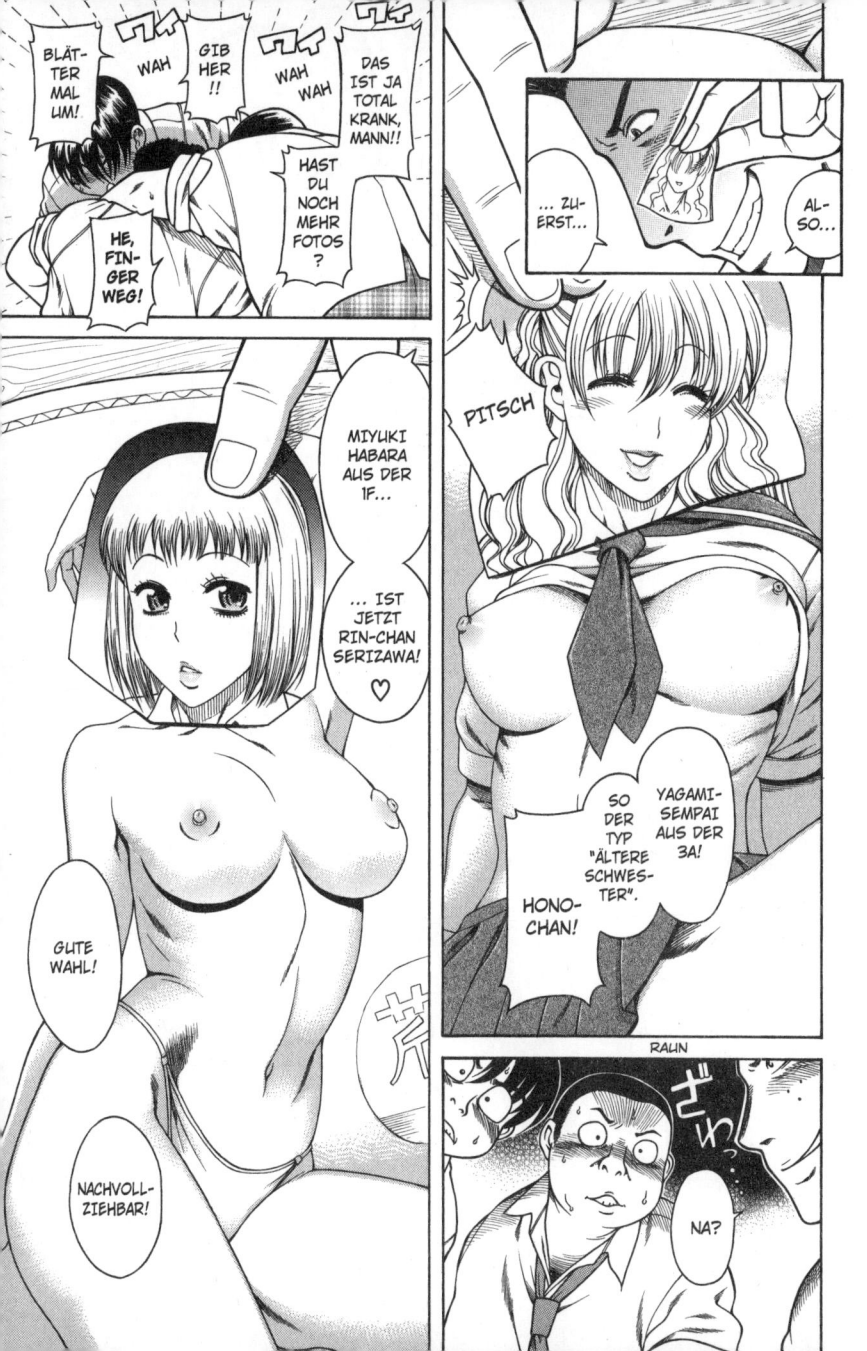

NGHUAAH

NA, WAS SOLL'S!

... DURCH DAS SCHULFEST SIND SIE...

... OPT ZUSAMMEN.

KLAR...

HEUTE...

... FANG ICH MIT DEM JOGGEN AN.

ICH BIN HALT NUR FÜR IHRE "ABWECHSLUNG" ZUSTÄNDIG!

POMM

KAPITEL 12 - ENDE

I-IST DIR ALLES RECHT ...

... SOLANGE ES DICH NUR ERREGT, NANA?

... SO EINFACH ZUSAGST...

WENN DU TROTZDEM DIESE ERREGUNG HABEN WILLST...

... GEFESSELT UND WEHRLOS BIST?

DU WILLST MIT MIR ALLEIN SEIN UND FOTOS MACHEN?

... BIST ...

... DU AUCH PERVERS!

ODER VIELLEICHT STELLE ICH JA WAS SCHLIMMES MIT DIR AN, WENN DU...

UND WENN ICH DIE FOTOS MISSBRAUCHE?

ZUCK

DER MACHT SICHER NICHTS SCHLIMMES!

KAORU IST SO, WIE ER IMMER WAR!

ER MUSS JA AUCH...

... AUFHÖREN, MIR BEI...

... DEN "ABWECHSLUNGEN" ZU HELFEN.

EIGENTLICH KLAR.

ABER WIESO HAT ER DAS GESAGT?

UND ICH DENKE WIEDER NUR AN MICH...

... LERNEN UND SO, GENAU WIE ICH.

VIELLEICHT WILL ER JA...

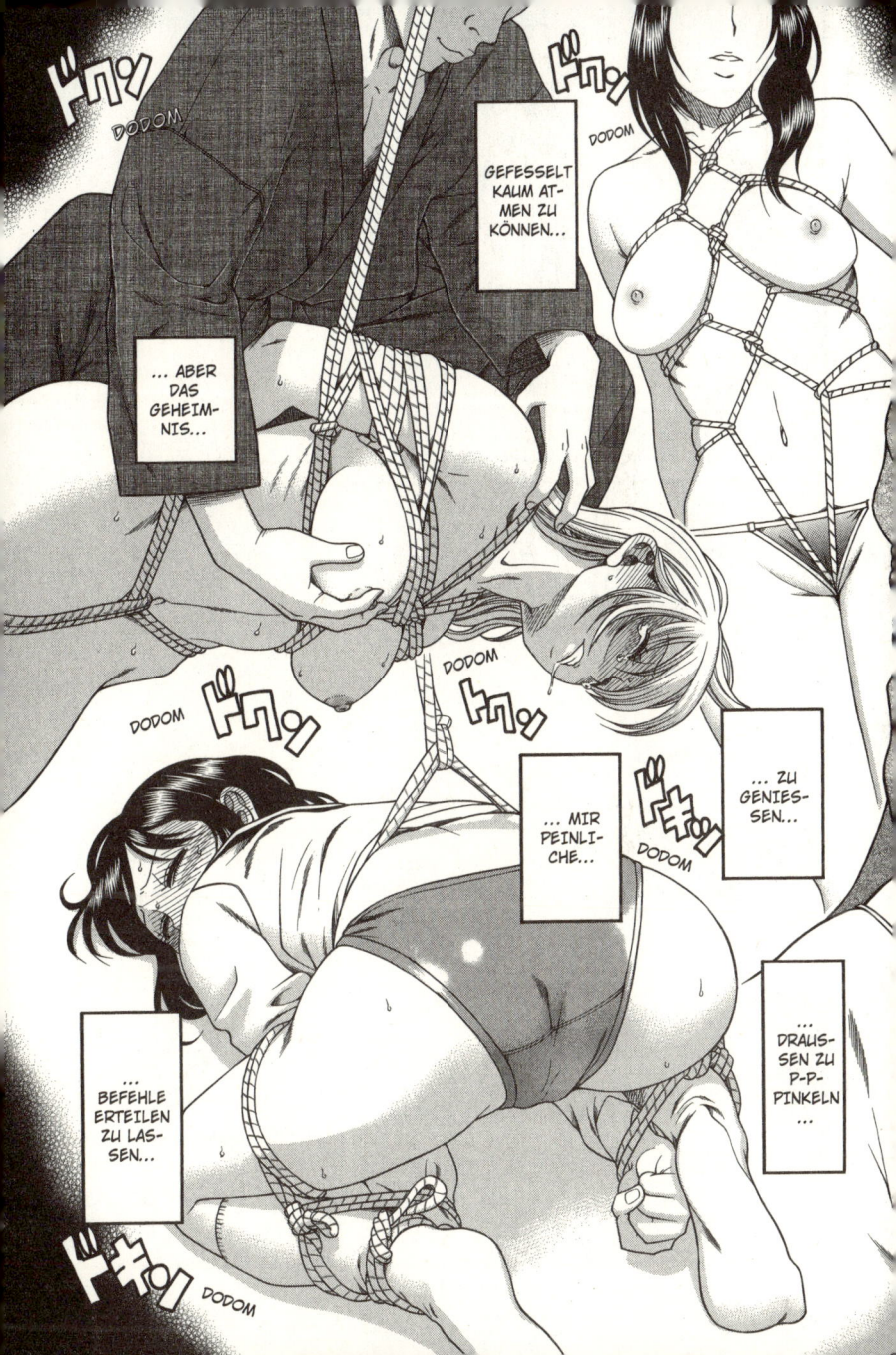

TROTZDEM LIEGT ALLES BEREIT.

AUSSERDEM HAB ICH MICH IM BEISEIN VON NANA IMMER VERSCHÄTZT.

MAN MUSS IMMER AUF DIE RICHTIGE POSE ACHTEN.

GANZ SCHÖN ERMÜDEND, DIESE "ABWECHSLUNGEN".

...KOPFZERBRECHEN...

JETZT MUSS ICH MIR AUCH NICHT MEHR ÜBER DAS NÄCHSTE MAL DEN...

DIE ROLLE DES "HERRN", WIE SIE SARASHINA-SENSEI BESCHREIBT, IST EINFACH NICHTS FÜR MICH.

TOK

GUT SO! GUT SO!

TOK

TOK

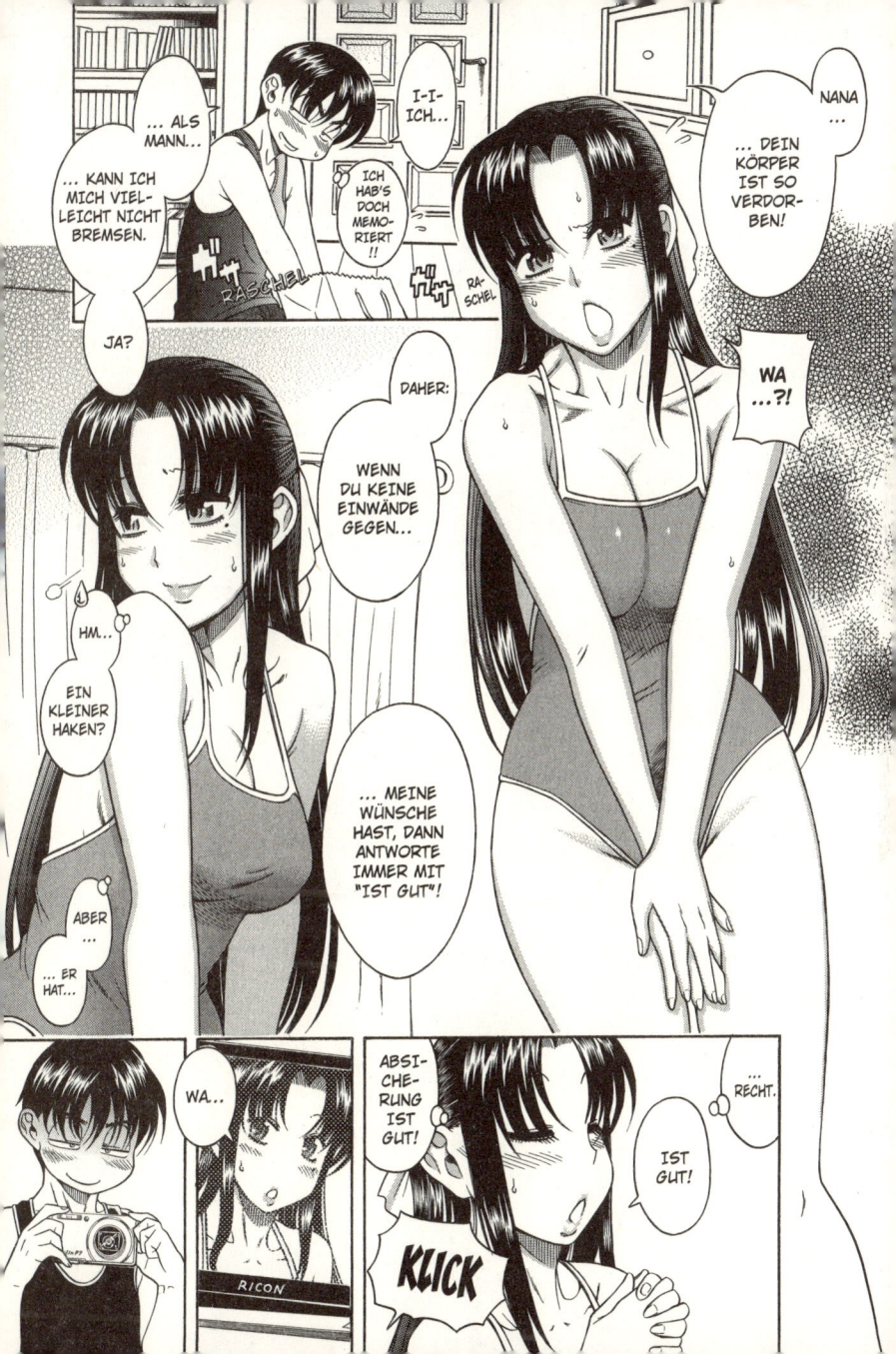

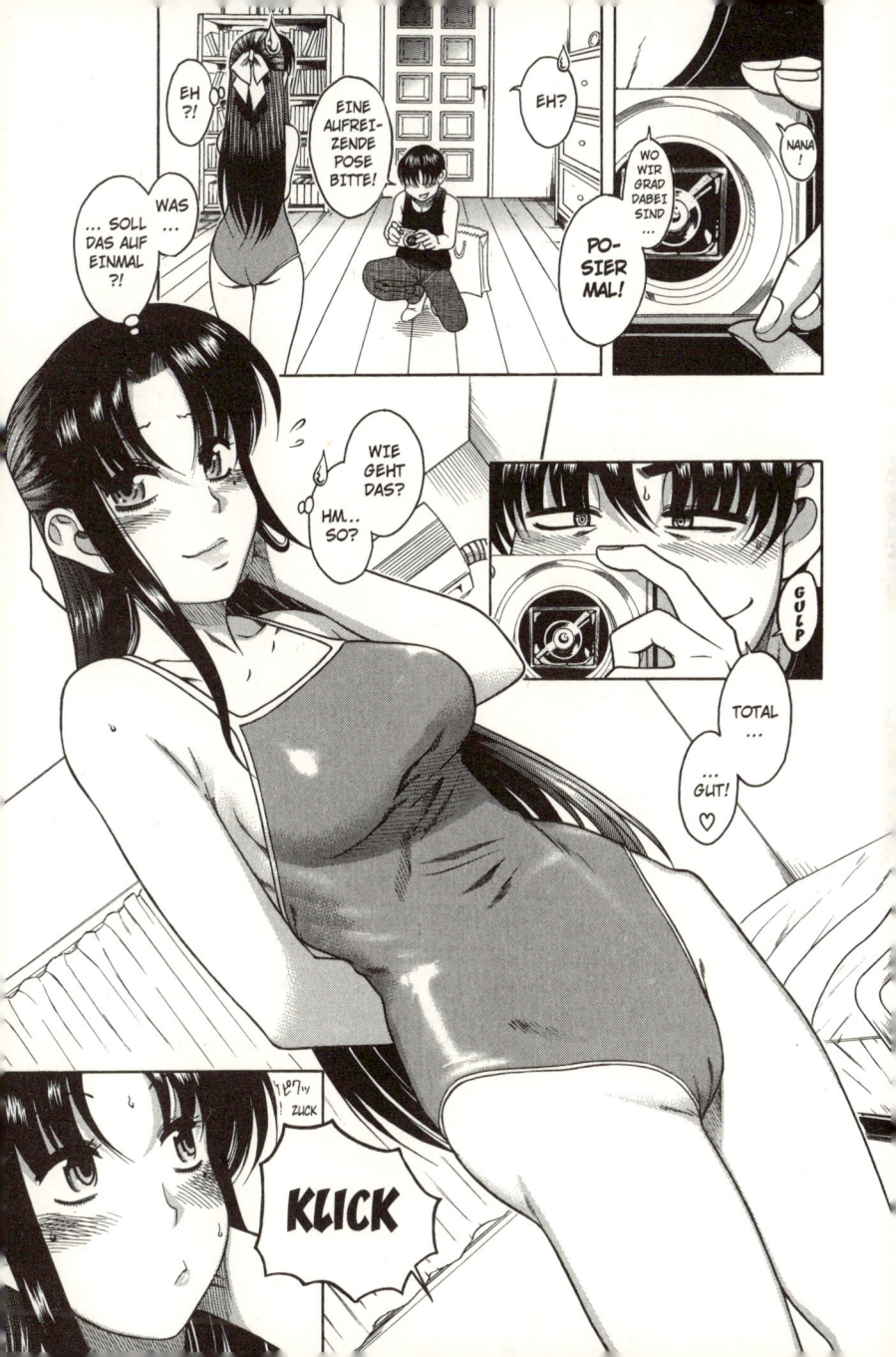

KAPITEL 14 – ENDE

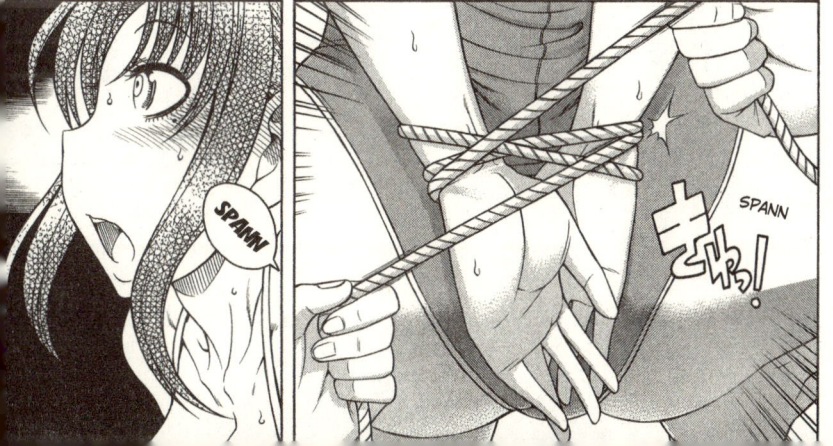

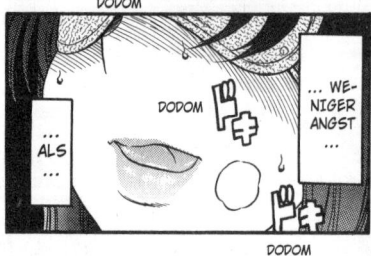

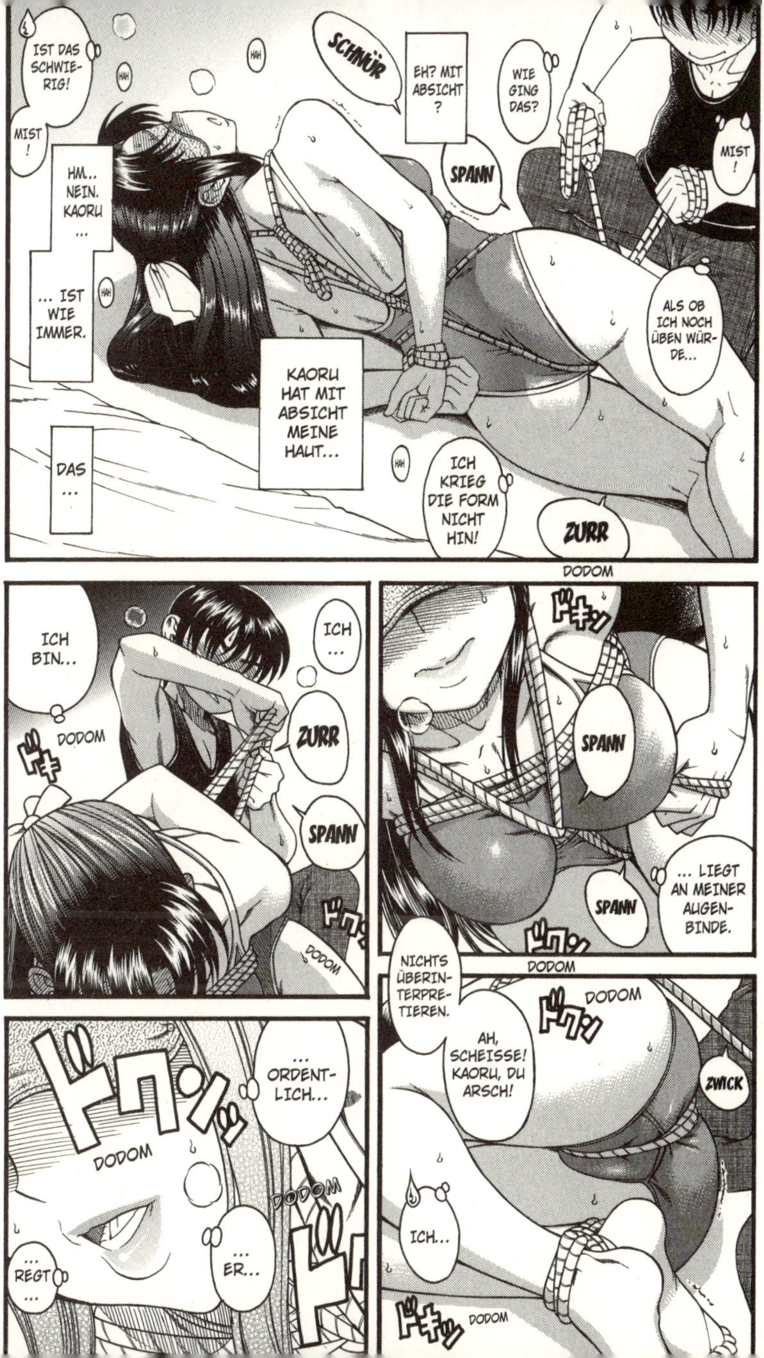

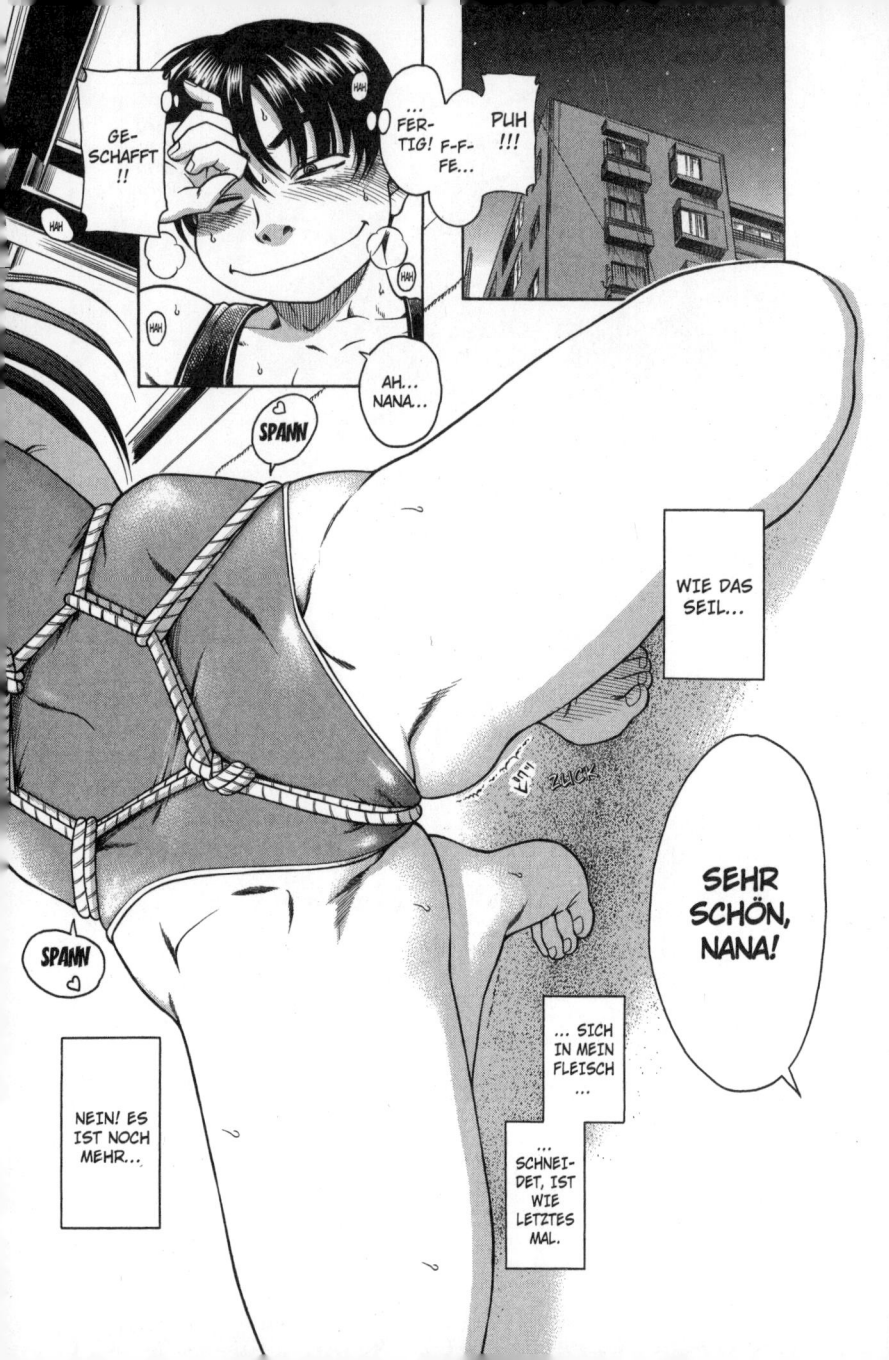

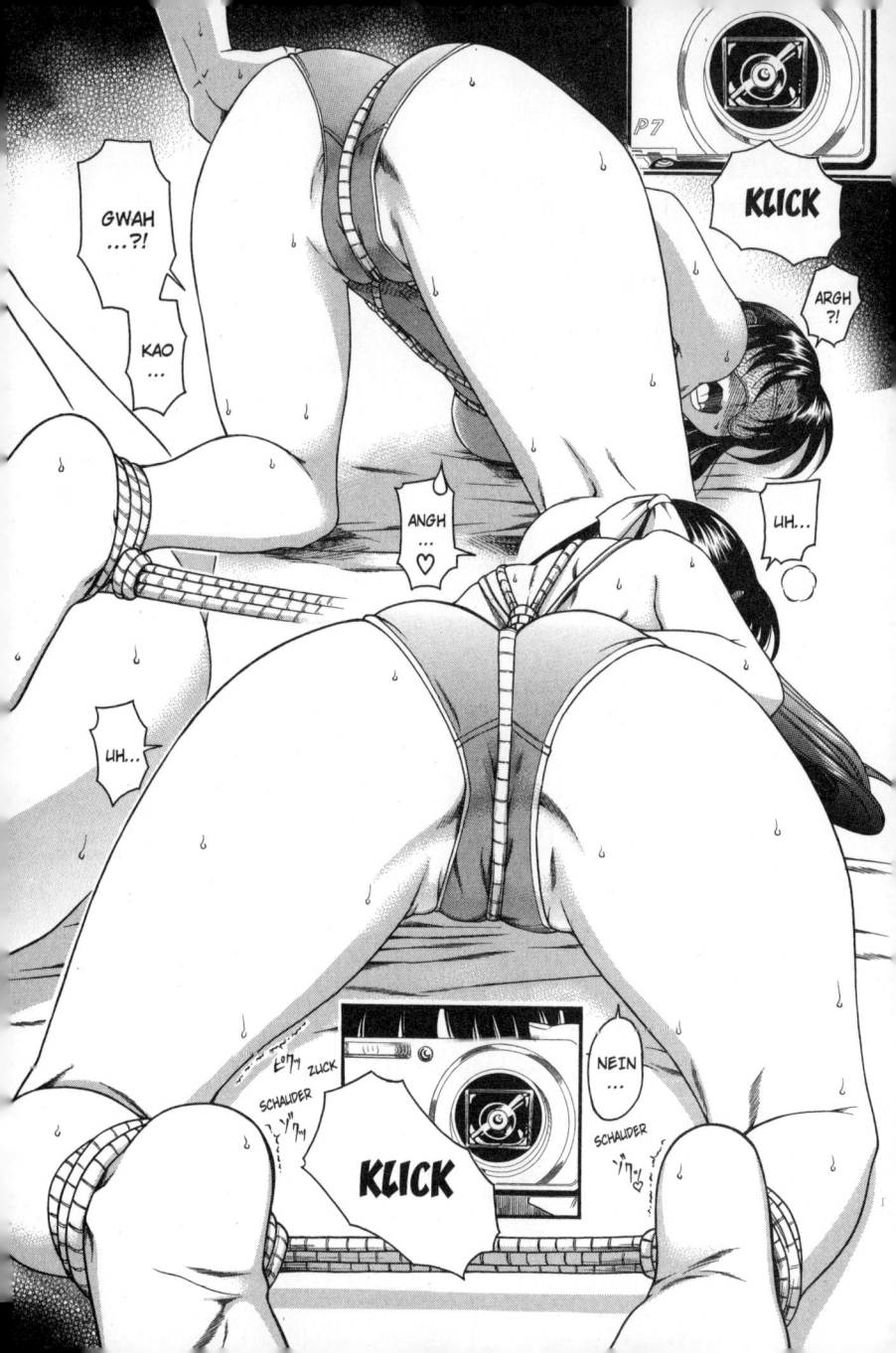

FORTSETZUNG FOLGT...

DIE GESCHICHTE, DIE AB HIER ANFÄNGT, SPIELT EIN WENIG SPÄTER IN DER ZUKUNFT UND ERZÄHLT VON UNSEREN BEIDEN HELDEN AM VALENTINSTAG! ♥

DANK AN M'S, FILIALE AKIHABARA

* LEATHER CLEANER

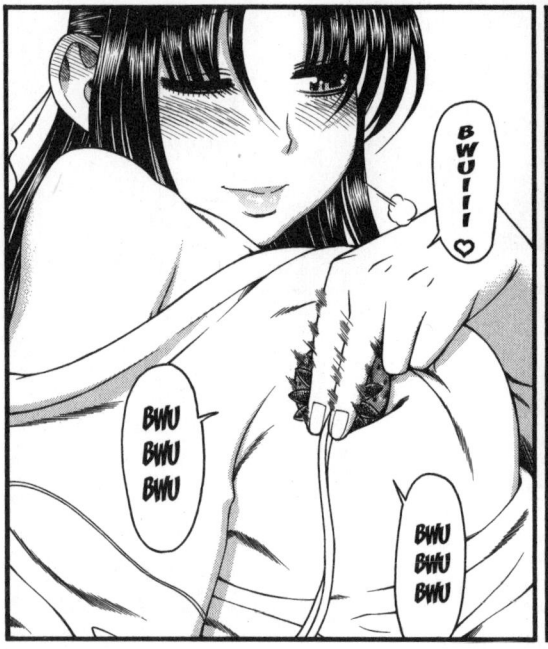

Cover Original-Band 2

ENNEAD

Neun mächtige Götter des alten Ägyptens bilden die **Enneade**. Als **Seth Osiris** tötet und die Herrschaft über Ägypten übernimmt, beginnt eine Ära des Chaos und der Grausamkeit. Jahrhunderte später taucht ein Herausforderer auf, um Seth zu entthronen: **Horus**. Der Konflikt zwischen den beiden entwickelt sich zu einem Netz aus Betrug, Besessenheit und Begehren.

EDITION MIT ACRYL-FIGUR
€ 29,-

ENNEAD 3
324 S., SC, farbig, € 16,-
ISBN 978-3-7416-3925-8
Bereits erhältlich!

FINDET UNS IM NETZ:

PaniniMangaDE

**Im Comic-Shop und Buchhandel.
Im Panini-Shop unter paninimanga.de**

PARASYTE
KISEIJUU

Der Manga von Hitoshi Iwaaki zum Anime-Hit!

Parasiten dringen in menschliche Körper ein, nehmen deren Gehirne in Besitz und fangen an, andere Menschen zu überfallen. Auch der Schüler **Shin'ichi Izumi** wird von einem Parasiten befallen, doch diesem misslingt die Besetzung von Shin'ichis Gehirn, und er verbleibt in der rechten Hand des Schülers. Zwischen dem lernbegierigen Parasiten und Shin'ichi entspinnt sich eine bizarre Form von Koexistenz und zusammen treten sie zum großen Kampf gegen die mörderischen Parasiten an!

Neues K-Drama auf NETFLIX!

Shin'ichi... Ich weiß aus Büchern, was "Teufel" sind. Aber ich glaube, am nächsten kommt dieser Charakterisierung der Mensch!

© Hitoshi Iwaaki/Kodansha Ltd. All rights reserved.

PARASYTE – KISEIJUU
Band 1-8
Komplette Serie bereits erhältlich!

FINDET UNS IM NETZ:
PaniniMangaDE

Im Comic-Shop und Buchhandel.
Im Panini-Shop unter paninimanga.de

panini MANGA

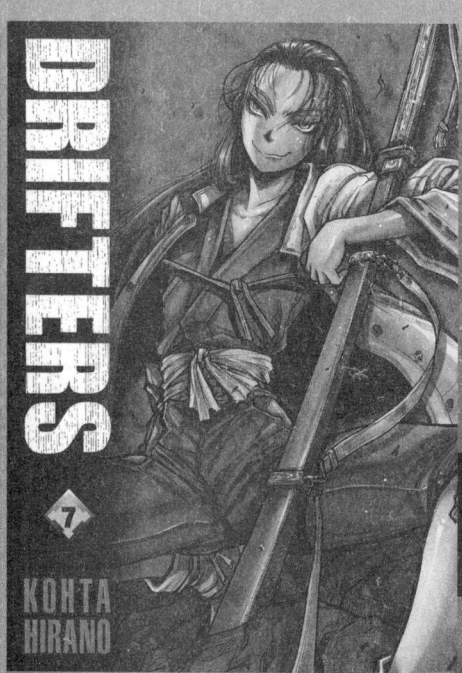

Manga: Yuka Fujikawa **Story:** Rifujin Na Magonote **Charakterdesign:** Shirotaka

Mushoku Tensei
IN DIESER WELT MACH ICH ALLES ANDERS

Ein 34-jähriger Arbeitsloser wird von einem LKW überfahren und stirbt. Sein letzter Gedanke ist, dass er eigentlich sein komplettes Leben vergeudet hat … Doch dann wacht er plötzlich in einer Welt des **Schwertes** und der **Magie** auf – er wurde als **Rudeus Greyrat** wiedergeboren! Kann er seine zweite Chance nutzen und diesmal alles besser machen? Und welche Abenteuer erwarten ihn in seinem neuen, magischen Leben?

Der Manga zur Anime-Serie „Mushoku Tensei: Jobless Reincarnation" auf Crunchyroll!

MUSHOKU TENSEI – IN DIESER WELT MACH ICH ALLES ANDERS 19
168 S., sw/farbig, € 10,-
ISBN 978-3-7416-3944-9
Bereits erhältlich!

FINDET UNS IM NETZ:

PaniniMangaDE

Im Comic-Shop und Buchhandel.
Im Panini-Shop unter paninimanga.de

ACHTUNG!

Dieser Comic wird wie im Original gelesen:
von rechts nach links,
also fangt einfach von der anderen Seite des Buches an
und stürzt euch in die Welt von

NANA & KAORU MAX

NANA & KAORU MAX erscheint bei **PANINI MANGA**, Schloßstraße 76, D-70176 Stuttgart. NANA & KAORU MAX wird unter Lizenz in Deutschland von PANINI Verlags-GmbH veröffentlicht. Druck: LEGO PRINT S.p.A. Anzeigenverkauf: BLAUFEUER VERLAGSVERTRETUNGEN GmbH, info@blaufeuer.com. Es gilt die Anzeigenpreisliste Nr. 19 vom 01.10.2021. Direkt-Abos auf **www.paninimanga.de**. Geschäftsführer **Hermann Paul**, Publishing Director Europe **Marco M. Lupoi**, Finanzen/Logistik **Felix Bauer**, Marketing Director **Holger Wiest**, Marketing **Rebecca Haar**, Vertrieb **Alexander Bubenheimer**, PR/Presse **Steffen Volkmer**, Publishing Manager **Lisa Pancaldi**, Redaktion **Stephanie Jakob**, **Matthias Korn**, **Daniela Uhlmann**, Übersetzung **Burkhard Höfler**, Proofreading **ENZA**, grafische Gestaltung **Rudy Remitti**, **Nicola Spano**, Art Director **Alessandro Gucciardo**, Redaktion Panini Comics **Beatrice Doti**, **Elisa Panzani**, Repro/Packager **Alessandro Nalli** (coordinator), **Mario Da Rin Zanco**, **Valentina Esposito**, **Luca Ficarelli**, **Simone Guidetti**, **Linda Leporati**, **Fabio Melatti**. NANA TO KAORU by Ryuta Amazume © Ryuta Amazume 2008, 2009. All rights reserved. First published in Japan in 2008, 2009 by HAKUSENSHA, INC., Tokyo. German language translation rights arranged with HAKUSENSHA, INC., Tokyo through Tuttle-Mori Agency Inc., Tokyo. Zur deutschen Ausgabe: © 2022 PANINI Verlags-GmbH. ISBN 978-3-7416-3099-6

2. Auflage

Digitale Ausgaben: ISBN 978-3-7367-9049-0 (.pdf) / ISBN 978-3-7367-9047-6 (.epub) / ISBN 978-3-7367-9048-3 (.mobi)

Bibliografische Information der Deutschen Nationalbibliothek
Die Deutsche Nationalbibliothek verzeichnet diese Publikation in der Deutschen Nationalbibliografie; detaillierte bibliografische Daten sind im Internet über dnb.d-nb.de abrufbar.